曠遠迷茫：詩的生與死

Life and Death of Poetry

蘇紹連詩集

詩人洛夫在一九七八年寫給蘇紹連的親筆信中句子：

我一直在注視你走過來的腳印，
就像回顧我自己的腳印一樣。

洛夫
七、五、

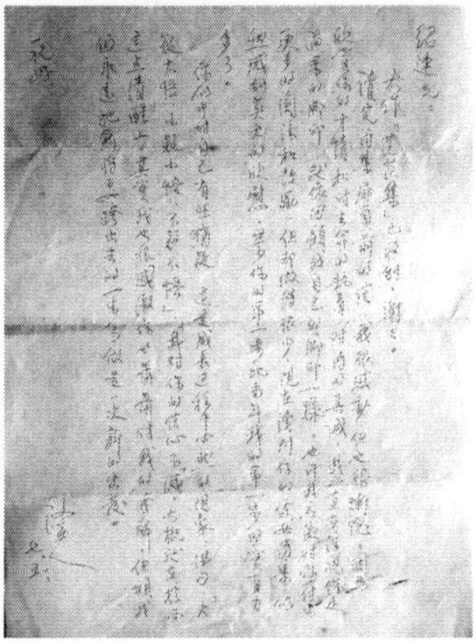

目次

飛行餘光／蘇紹連攝影

死之卷

代後記

序詩

面臨生死／蘇紹連攝影

序詩

很容易就是詩人

一

總以為人一出世
要歷經諸多磨難
才有成就
沒想到二十一世紀電子時代
人生可以如此順遂
遂其所願
很容易聯絡
很容易得到資訊
很容易出名
很容易到達想去的地方
很容易發表

很容易宣洩
很容易按讚
很容易顛倒黑白
很容易用文字當子彈
很多易結黨營私
很容易找到診所
很容易自立山頭
很容易和上一個句子斷絕關係
很容易推翻
很容易就愛上了寫詩
無數的容易
人生如臉書
大家很容易就是詩人
而忘了
自己的不容易
是永遠做不到的
謙卑

二

在詩潭裡的詩潭裡
他很容易就成為漣漪
詩人，因為他是詩社的同仁。
在學院裡的學院裡
他很容易就成為圍牆
詩人，因為他是論詩的學者教授。
在報紙副刊裡的副刊裡
他很容易就成為排版
詩人，因為他是副刊總編輯。
在出版社裡的出版社裡
他很容易就成為書堆
詩人，因為他是自費出書者。
在稿紙堆裡的稿紙裡
他很容易就成為字紙簍
詩人，因為他是一堆沒用的文字。

在鏡子裡的鏡子裡
他很容易就成為裂痕
詩人，因為他是模仿者。
在書店裡的書店裡
他很容易就成為二手書
詩人，因為他是書店的職員。
在議會裡的議會裡
他很容易就成為口水
詩人，因為他是說謊的政治人物。
在廣場裡的廣場裡
他很容易就成為擴音器
詩人，因為他是激情的革命者。
在天空裡的天空裡
他很容易就成為萬年
詩人，因為他是日月星辰。
在風雲際會裡的風雲際會裡
他很容易就成為領袖

詩人，因為他是雷聲和閃電。
只有你不願意
不願意成為
詩人，你只想做一道彩虹。

生之卷

空間的生命體／蘇紹連攝影

時間的記憶體／蘇紹連攝影

暗夜裡的詩人

暗夜裡詩人種下一顆豆子
月光在他睡眠時幫他生根發芽

暗夜裡詩人寫下一個句子
夢在他睡眠時幫他放入詩集裡

第二天醒來的早晨
他領悟到，今生是人不代表他上輩子也是人

白天，詩人去告訴別人昨夜發生的事
並問問別人這是福報還是宿業

到了夜裡詩人又去種下一顆豆子
月光在他睡眠時把他埋得更深

詩人也又寫了一個句子
夢在他睡眠時把他夾在散文裡

然後，詩人以他的例子證明
因果輪迴是在睡眠中進行

暗夜裡，詩人又獨自一人在睡眠中
打開詩集，把豆子撒成文字

前生的豆子
今世的文字

詩人的聲音

詩人朗讀詩作時
有如
一枝毛筆
多變的筆觸
(時而山羊毛)
(時而黃鼠狼毛)
(時而狐狸毛)
(時而野兔毛)

勾引
我來
指向
去處

（消失的墨痕
毛岔
毛裂
毛逆
毛順
都是詩人的聲音）

詩致光明使者

詩人的眼睛
埋在黑色的泥土裡
一個月腐化
兩個月感動
九個月孕育都過去了
為了迎接光的來臨
它必須睜開
發芽
（想像光芒之美）

為了給自己的額頭上
長出一片葉子
長出兩片葉子

長出一簇葉子
圍繞成桂冠
它必須在黑色的泥土裡埋葬
死過一次
死過無數次
眼睛才會生根
（還原胚胎之美）

詩人怎麼拍攝一片黃葉子

從鰲峰山撿回一片黃色的
葉子，要做什麼用？

喜歡攝影的詩人，當然是
拿黃葉子來拍照，當然是
像看見一隻毛色純黃的小貓
蹲在電話座旁的中華黃頁電話簿上
喵喵嚎著如北風之聲

喜歡攝影的詩人，當然是
不忍把一片黃葉拍成蕭瑟的小貓
那麼，就拍成
一位穿著黃襯衫的熟女

透著冬日陽光的肌膚
因為生理病徵
缺氮、缺鉀、缺鎂、缺鐵、缺鋅
才黃得如此的美
如此的
#FFFF00

拍攝之後
黃葉當然是成為一本療癒詩集的封面

詩是青春

青春一點
又一點
點點落在
詩人臉龐。痘痘
有一點秋意蕭瑟的時候
仍想有一點春意盎然
痘痘也蠢蠢
欲動像蟲。

（詩人的十七歲爆裂了
好幾面鏡子）
（詩人的六十歲植了
好多棵假芽，齒）

詩人在老了的皮膚
隱藏著皺紋
在老了的詩句
塗抹陌生意象
等候
青春一點
又一點
開花。

當詩是一隻錯誤獸

詩移位後
頭接尾
尾接頭
變成一隻美麗的錯誤獸
錯誤獸
錯誤獸
錯誤獸
詩人叫了三聲
牠才看詩人一眼
詩人問牠怎麼了
牠說：
「我錯誤。」

（不是一種罪惡啊）
（不是一種醜啊）
牠說：
「我不是獸。」
（那你是？）

時間搖擺
地球搖擺
又移位了
牠的頭移回原處
牠的尾移回原處

哦我
牠不是一隻錯誤獸
而是詩人的作品

撐傘的詩人

如果詩集裡的文字像雨
不會落下來砸死人
那絕不是好詩

文字聚集的烏雲裡有雷聲
當一名撐傘的詩人
必須一直朝天空誓死抵抗閃電

那一定是不懼危險的詩人
冒雨穿行文字間
終生寫著危險的詩

騎單車的詩人

詩人騎著單車，任由身上的器官，荒謬的在街頭上尋找方向。腳用力踩踏著一個浮起在半空的地球——懸吊著詩人的影子。

太陽和輪子之間的沉默，緩緩轉動，與現實世界相距十萬八千公里。詩人決意快速踩著想像，像一隻未抵達的——豹。

詩有隨意的異形，最後變成一滴——汗，自騎單車的詩人眼裡緩緩落下來。

一座山像一座海的詩

詩人給一座山寫詩
詩人給一位父親寫詩
詩人給一個城市寫詩

一座山可以像一座海了
一位父親可以像一位母親了
一個城市可以像一個森林了

詩人明天還要去寫詩
需要詩的，請用愛招手
把一座軟軟的海招來
　招來

招來
招來
把一位慈祥的母親招來
把一個充滿綠意的森林招來
在詩人的詩裡一起
向單親的你招手

詩人怎麼做出音樂

詩人想做的音樂
浸泡在水中
這樣就可以看見
所有的音符像小蝦米
游出來
漣漪的旋律

詩人想要的琴弦
是甜甜透明的軟糖
放在手臂上
塵埃也能
靜靜彈跳
像是時光的舞蹈

詩人的歌詞
是詩人血液裡的魚
心臟裡的字
是詩人唱著的
音符隊伍
像在身體末端
微弱的訊息

而詩人接收到了
浸在水中的聲音
也是
浸在水中的語言
潮濕而且柔軟

詩人在遙遠的唐朝

詩人從溫泉池裡起身
以俠客棄劍之姿
古典的裸體
穿過薄霧
已是秋日午後

訪問了一幅仕女圖
簡單的筆畫
致使
乳房微顫
(芋葉為床
無雲無雨無露)
哭泣的牆

吐出了蝶
詩裡複雜的傳統想像
才是愛

（你在遙遠的唐朝
我在漂流的臺灣）
詩人返回溫泉池
秋夜月沉時刻
執行
再返回現代詩的程式

詩人緩慢的形體

詩人緩慢
挪動一個形體
在植物的城市裡
生命靜止
（發現一個活著的詞
等候著詩）
詩人緩慢
躺著的呼吸器
不能帶來
雲霧的生機

（消失的
半截菸蒂
心臟的餘燼）

詩人緩慢
但詩能抵達死亡
能送回

因為詩是
這一個形體的
心臟

擦拭銀器的詩人

夜降臨了
詩人的天空是
雕花圓桌
今夜為桌上的銀器
寫情詩

喏
銀器裡的魚
骨骼被製作成一艘船
詩擱淺
錫箔紙上的海洋
閃爍是波浪傷心的
表情方式

（詩人只不過流著淚
把夜飲盡）

銀器裡的水草意象
勾引
鏽跡斑斕的
孔雀
泛黃變黑
開不了屏

悲傷的詩人努力用乳液
擦拭著
夜留下的銀器

和詩人一起圍食的過客

在這個季節
我們和詩人去吃葉子
火鍋在森林裡設宴
飛鼠一閃而過
是詩的靈感
圍食的過客
在泥窖裡，變成
烤焦的影子
我們一個一個相互烙印
才認識，詩沒有說明
意象如何產生
就分別在即

才狂笑
詩人就淚眼汪汪
彷彿有千手
仍會失手
觀音山的石頭
終究滾落下來
（在心中
砸傷了詩）
飛鼠持續報訊
一切瀟灑
必須像愛一樣
射我一箭
射你一箭
射詩人一箭

詩的邊線

年輕詩人坐在一個不安全的
邊線上
多出一些年齡就免禁止
和車子的速度
和速度急遽的影子
和影子的迷陣
深陷於
難以脫身的
邊線

年輕詩人再少一些年齡
就掉入保護網
年輕詩人少一些成人思維

就是天真小孩
是可愛小狗
是小不點的
螢火蟲

但年輕詩人坐在一個不安全的
年齡的邊線上
一邊是白天
一邊是黑夜
不知自己成為詩人的方式，是
日落，或是
月升

形容詞之災

不要在你的夜晚裡
讓詩人再看見形容詞

要是今夜有形容詞
詩人決不讓你進門來
決不讓你去浴廁沖洗
決不讓你上床

不要在你的詩裡
讓詩人再看見形容詞

要是詩裡有形容詞
詩人一定刪你濃濃的

刪你軟軟的
刪你美美的
肉肉

不要在你愛上詩人時
讓詩人再看見形容詞
然後你就知道夜晚
月亮寫不出詩的後果

詩在空白裡面

空白減少
是絕對悲哀的
（當詩人被現實塞滿
詩人也同時在失去著夢）

空白依序變少
詩的想像縮減
只剩小小的一個
截角

其餘是
無情的堆砌
佔有椅子

填滿抽屜
壓迫床
（這些名物的形容詞
向下陷落
詩在失去著本質）

物質世界
絕不活在空白裡面

詩人只有像爬蟲的眼球
才會看見，詩
就在空白
裡面

詩的透明化

一本詩集
快要透明了
詩集的內臟（和神經、血管
字都是游移的
細胞）

詩人用愛過的人做封面
忘記了你是誰

你用誰的嘴
去舔走什麼逗點（句點、頓點
之類的細蟲）

鬆懈章節
都忘記了

詩透明化之後
你看見文字的崩潰
是詩人體內的
紛紛大雪

在低層的詩人

看見低層的生活
詩人折彎一根吸管
（怎麼可以這樣吸詩）

詩人手臂上的插座
插滿從黑暗中接來的插頭
（怎麼可以這樣插詩）

那些亮著的街友眼睛
蓄電量僅剩5%
（怎麼可以這樣消詩）

淚光沿著河岸遊行
夜空的星星一起來垂釣
（怎麼可以這樣吊詩）

詩人折彎自己的感情
看著低層如此生活
（怎麼可以這樣爛詩）

詩人寫破碎的詩

回到詩人破
碎的狀態
寫破碎的詩

其實愈破碎
是愈屬於詩的
詩人厭惡完整
尤其完
美二字

瓶子碎
裂在門口
是一首詩

沒有瓶蓋
碎片裡
水聲仍在
平仄仍在

詩人喜歡自己破碎
一隻貓銜走
一塊碎片
可能是詩人的
手，或是詩人的
耳朵。然而
瓶子碎的
時候公車
正悄悄經過
貓搭著車
和詩人
（出版社的

年輕老闆）
出遊

帶著詩人的碎片
躲藏著野心
沒有回程
不敢奢望
沿路破
碎的月色
是詩人再版
的詩集

撿起門
口的碎片
（一支曾經存在的瓶子）
回到詩人破
碎的狀態
寫破碎的詩

詩人的椅子

一個詩人來了，我要成為他的椅子，但我只是一些骨頭，怎麼成為他的椅子？

詩人已站在門口，我來不及組裝自己的骨頭，我著急得癱瘓於地，詩人撿起我的身體零件，他要組裝我，用他的詩句，像在寫一首艱難的詩。

最後完成的詩就是一張椅子，讓我以最舒適的姿勢等候。詩人看見我的身體，有椅子的影子；詩人坐下時，我好像擁抱了一種詩的溫暖。

詩人之樹

詩人要成為一棵樹
就要練習說話
樹有共同語言
葉如繁茂語詞
在四季交替過程上
跟著伸枝吐芽
跟著枯竭，跟著凋謝
像飄落的雪變成水
說的話裡有了水聲

假如一棵樹裡有一隻魚
每片葉子的脈絡裡
都是存留的魚骨

等待化為羽翼
話語的複狀結構也如此美麗
詩人要輕輕說出
讓魚飛舞
像樹葉在微風中
帶著樹
飛到天空去

詩人的教育不能等

熱天裡，冰的溶化不能等
一碗剉冰要加黑砂糖
加白煉乳像雪崩
這時，一台壞了的冷氣機不能等
已變熱風如火燒坡
人一直往下跑
消防車的警報器不能等
部長遊在涼風冷泉中像熱帶魚
這時大家的眼睛跟著游動
假如是一條活龍
要過天堂路不能等
不過天堂路回家吃奶不用等

家在地震的板塊上搖晃
揹著奶奶躲到下個世紀
所以廢核不能等
震災的教育不能等

而唯一的一本詩集被壓在紀念碑下
那雷同的詩句成了見證
雷同的意象
雷同的官場口氣
雷同的腐敗
雷同的輪替
雷同的蚊蚋飛著
像一波熱浪
詩要推倒紀念碑
哦，詩人的教育不能等

孤臣人像畫

（我看見詩人是
一幅隱形的
孤臣人像畫）

誰為詩人畫像
轉換顏色
紫黑的繡花
在皮肉裡滾動
到指甲的邊緣

詩人的眼眸
防止大片墨水滲出
額頭風雪的意象

覆沒臉頰岩壁
讓孤獨
築巢和撒種

詩人化身
一隻禽鳥
是行動者
（啄我衣啄我身
啄我全部的細胞）

詩人以黑色的血
在畫面上踱著
踱著一種
孤臣的生活
任由時間
轉換其他顏色

問象徵

我從來不知象徵
問弗魯斯特在風雪夜
受阻於叢林是否象徵死亡
（弗魯斯特說就是一個旅人
觀看大雪覆蓋的叢林
哪有什麼象徵）

問畢卡索畫中的紅色牛頭
是否象徵法西斯的擡頭
（畢卡索說就是一個紅牛頭
哪有什麼象徵）

問福克納那隻有斑點的馬
是否象徵人失去完美性
（福克納說馬沒有高級文化教養
哪有什麼象徵）

問臺灣的詩人們
今天你們寫的詩是否又象徵了
但有一隻大象坐在遠方以後
我更不知象徵是什麼

雨中的詩市集

聽說市集裡要下大雨了，只有一個賣詩集的攤子張開雨傘，等候讀詩的人進來躲冷冷的雨。

我是這攤子的主人，但沒人知道我也是一本詩集的作者。雨真的落下來了，我等候的人，果然進來躲雨。在我撐起的雨傘裡，我翻開我的詩集，唸我的呼吸給他聽，他笑著說：「詩的雨聲好美。」

另外的攤子都被雨水收走了，空曠的市集裡，只有我這一個賣詩集的攤子張開雨傘，默默的等候著，詩涼涼的發生。

詩人在天空行走

在天空行走，這是哪一位詩人發明的意象？

在天空永遠不會沉船。哇。我想不起是哪一位穿白色短袖襯衫的吟遊詩人，臂膀上有刺鷹的圖紋，睡了一夜，說著夢話，兩片伸展在陽光中的手掌載著詩句，像一對翅膀，就飛越另一領土的天。

（我撿到詩人掉落的銅質鈕扣，是一粒閃爍的星？）

詩人永遠不會回來的，故鄉也跟著消失。幾世紀後，天空中的飛碟，像我頭頂上方的，一尊神盤旋。

不要在詩裡轉大人

我暫時放下寫詩
我暫時放下意象的糾纏
窗口可以是單純的窗口
不要通靈
只要是能觸摸到的現實
外面的走廊、花盆、階梯
坐著的傾斜影子
在花瓣上的畏懼蟲子
下階梯的緩慢老翁
有形無形
我都喜歡
當我暫時放下自己的工作
不，是放下自己的興趣

我像一張白紙
飛出了窗口
遠離詩的黑暗與憂鬱
不必在意象裡轉大人
不必有另一個詩學教授教我寫詩
打我分數
毀了我（有一個自己才看得見的世界）
我說暫時
他們說沒有用
「暫時不是長時間
暫時的時間很短
你還是要回來」
時間伸出手
我不想被抓到
我躲躲閃閃
看見前方是一個通靈的世界
我撞了進去

裡面沒有意象
他們看不見我了
他們看不見我了
只有我親愛的母親可以看見
我永遠是個小孩
才不要在詩裡轉大人

我深愛我的詩社

我深愛我的黨，無產。

只剩下布告的黨規，貼在屋簷下方，幾隻懸掛的蝙蝠，不再搖晃，都已沉睡。
（睡著的乳房，幸福的樣子。）

我深愛我的詩社，無黨。

營詩的樂器有美麗的結構，鸚鵡圖案，繡在旋律尾端，那聲音，以銅色的指尖撥弄。
（其字，皆飛舞。）

死之卷

生命的日常／蘇紹連攝影

現實的終結／蘇紹連攝影

詩人一生到此

詩人在此過日子
為一條流浪的街寫詩：無尾巷，無窗屋
張貼詩集出版訊息像張貼租屋廣告
電線桿下：無人路過，無眼睛

詩集裡的意象：烏鴉屍骸，無瘟疫
灰泥裡黑色玫瑰：尚在掙扎，無遺言

行人如傘：雨水流淌，無冰無雪
政治來了：街上出現詩人漂流的頭髮

政府張貼布告：戴口罩，無言
車站張貼布告：戴口罩，無聲
連鎖商店張貼布告：戴口罩，無語
夜店張貼布告：戴口罩，無色

詩人把自己張貼成布告
一生戴口罩在此過日子

下令停止詩人營業：熄滅詩的燈火
拆下街頭廣告上的詩人肖像畫

詩人從此沒有
開口說話

悲哀的文明

在髮梢
紮一朵朵雲彩
在眼眶下端
畫一滴滴黑色眼淚
（生活的妝扮
只是為了討好別人）

詩人原有的毛皮和爪子
因為進化論
獸性失去了詩
所以詩人去遊行
在腳趾頭
長出魚鰭

天空翻轉
詩人游進泥土裡
憂傷的蚯蚓
同志傳遞的夢
革命的圍牆
列車上張貼的畫像
語言中的人種
彷彿詩人抱著胸膛沉入深水裡
從此淪陷
光在上方佈道

（生活的方式
不能由自己決定嗎）
悲哀的文明
生物一樣
漸漸退化

衰弱的宅詩人

活在人間
是很辛苦的事
每到入夜
宅詩人就要有機的結合著
一些花妖
一些狐魅
一些魔力

而活在人間
是很傷神的事
每到入夜
衰弱的宅詩人
一隻手抓著虛幻的鼠

一隻手伸入螢幕裡觸及雲端的貓
收藏許多跨界的網站
魂遊幽冥
下載志怪小說

而不活在人間
是很無趣的事
不能讀蘇紹連荒誕的詩
不能當異類
不能世俗
不能超現實

（報告陰間鬼王
您想今夜
人間
是否無聊？）

詩人在荒僻之地

在荒僻之地
詩人很快
就被遺忘
像貧賤的草
被路過的蹄
一踩
去年就不見了

明年在哪裡
仍是荒僻之地
詩人想彎身
折骨俯臥

聞自己的血
褐色的味道

（你這個青年詩人
不到三十歲
樣子就很老氣
不到四十歲
講話就帶霸氣）
（謝謝
感激萬分
敬祝鴻圖大展）

在荒僻之地
季節遷徙
如鐵遇雨
而詩人很快
就會生鏽

詩人有一張憔悴的狗臉

（翻看詩人的臉書，像是詩在二十四小時，連續迫降。）

臉書一直往下翻，隨著白天的太陽一直往下沉，過了上午，過了中午，過了下午，過了黃昏，沉到黑夜裡；臉書那張臉，變成獸，還一直往下翻，翻到底，又浮上來，從頭翻，過了頸，過了胸，過了肚，過了膀胱，過了膝，沉到地，跪下來。臉書那張臉，極其不要臉，又浮上來，貼近螢幕，兩隻眼，畫著圈圈，打著叉叉，看不見月色，心慌慌。

（詩人乃是一隻憔悴的狗，的臉。）

政治馬戲團

門外的水泥地上，有一個大帳篷布幕，投射著馬戲團表演的，誇張影子。門口搖晃的電燈泡，鎢絲昏黃的光，塗抹了小丑的面具。

（詩人躲在門內，變成一把鎖。）

一輛輛公務車駛到，下車的鐵蹄腳印，全是國會議員統一模式訂製，要在童話裡扮演醜與美，說著真與假的聲音。

（有一隻壁虎化妝為一支鑰匙，就變成一個意象，插入詩人，轉動詩。）

他們終於打開門，把詩人的內臟，全部攤開。這是政治馬戲團的一個針對詩人最殘忍的魔術表演節目。詩就這麼像血似的，被流出來。

臨池悼詩

飄浮的水池
在詩人額頂

（裸足的
舞者旋轉的漣漪
其花瓣
其時光
萎逝）

詩人悼詩
垂首波光幻影裡
池魚是他的
思想

是他的
災難
（願水池飄浮而去
舞者裸足
踩肌膚
送行）

詩人焚稿

詩人手稿堆裡
燒燬的筆跡
仍可看見
蜷縮是
成為蛹的方式

上世紀的
手指頭淌血書寫
：有一群
奔馳的文字蹄印
（詩行之間的空白
開出一朵朵青春的花）
詩人戴黑色眼罩

髮髻的天空
雨滴飄浮
土地焚燒冒煙
（從不降落的
生靈伴隨於上空）
彎曲的影子
在灰燼底層
跪禱
流離的字句裡有自己的名字
是不存在的一隻
蛹

這世紀裡有一詩人
從灰燼裡站起來
張開燒燬的
翅膀

詩人在暮色中燒

詩人在暮色中燒
這時代已被燃去了一角
詩集書本上文字的影子搖晃
不再成為固定的句子
跳出來逃亡

旗幟在暮色中燒
微風帶著煙塵匿銷
河上的木船已回到森林去
詩人留在這時代的池沼
繼續吞嚥著每天的落日

暮色中，詩人模糊在
意象模糊的瞳孔裡
最後的遺棄是
手臂
只想成為挽救流雲的浮木

詩人模糊在暮色的低音裡
卻沒有身體
能讓詩人的衣物
牢牢地擁抱
一起舞蹈

夜空在暮色中燒
詩人孤獨守護著殘餘的火光
烏雲襲捲，天地昏暗
這時代的灰燼默默屏息
黎明在暮色中燒

火化的作者

詩人
心跳微弱的
在火化
自己的作品

詩集扉頁上盡是
樹的火化
（葉子掉光）
蝴蝶的火化
（翅膀折斷）

看著鏡中的
臉在火化

往日的容顏也跟隨
嘴唇燒燬
（不說）
耳朵化為焦炭
（不聽）
眼睛剩下窟窿
（不看）

詩人最後從火裡走出
肩胛骨以上
無頭顱的
作品

詩最後是一把野火

燒燬風景，連同詩人
的影子也一併成為灰燼
燒燬一條路也燒燬河邊
的堤岸那座廢棄的崗亭
燒燬水上的船但是下雨了
很密，很連綿一直到清明
燒燬樹燒燬草燒燬山
燒燬清明的天空烏雲

連同心中的思念都燒燬
詩人是多麼想自焚
但是下雨了詩人先把雨
燒成一滴滴夜間的火焰
詩人再變成一支著火的傘
雨中漂流變成灰燼

未完成的作品

葉子的脈絡
如今只剩
幾筆像詩一樣的
湖中水紋

湖中的水紋
如今只剩
幾筆像詩一樣的
人體形骸

人體的形骸
如今只剩
幾筆像詩一樣的

老人心中的
羽毛

羽毛無聲
如今只剩幾筆
像詩一樣的
翅膀

翅膀雖殘餘
但仍然
像詩一樣的
神
有死的微笑
和凝固的飛翔

如果詩人成為標本

孤寂以後的身
體內的
湖泊
（吃了月光）
變成一顆琥珀

挾持詩人
回家的熊
在葉子上找到一個洞穴
藏著曠野的火光
沒有星星
那些灰燼的想像變少了

詩人還是
把嘴唇放飛
遙遠的謠言很輕
止於
那文學館裡的
解說者

參觀者
凝視詩人標本
體內有月光
神，像琥珀
安頓了

唸完最後一首詩

秋後算帳嗎
詩人對著掛滿陰影的月桂樹
唸詩
語言破碎如池中的月光
（詩的現象很不安定）
也像是被輾壓後的
人間殘骸。

執政者的
殺蟲劑噴霧器
在詩集裡
製造煙霧迷境
詩句構成的城市

嚴重霧化
標點符號像蚊蟲被霧化
一首詩漸漸
被滅跡。

詩人堅持唸完最後一首詩
得戴上口罩
望著中秋的月
語言已經
朦朧。

詩人完成死

1

詩人的詩漸漸失去知識
漸漸像
一個
嬰兒
一個
搖籃
一個
母親

一個
擁抱

2

擁抱
一個

沒有
知識

沒有
文化

沒有
詩學

沒有
人為
的
詩

3

詩漸漸像
沒有知識的
一隻孑孓一隻蜉蝣一隻細菌一隻微生物
詩人漸漸像透明無雜質的琥珀液
將詩包裹，凝結至死

疲憊的詩人公車

詩人的身體搭上公車，芒草沿途搖曳。其實是半個地球，揹著涼涼的月光。詩人的身體倚靠車窗，後座一隻貓頭鷹，是淒然的句子，只是多了兩個句點。

（請勿將頭伸出車窗外）好像是另一位詩人，並肩坐在鄰座讀詩集。

詩人的身體懸掛吊環，像疲憊的雲，是應該下血而不是下雨。詩人的身體裝進背包，露出雪白的腳踝，要在封閉的黑暗之中哭泣。

詩人的年關

年關將近
時間的邏輯不通
屬於詩的流程
都把堵塞當做美麗的停滯
讓詩人忘記流走

年關將近
不忍再撕，再撕
就無日曆紙可摺成小盒子
盛裝嗑剩的瓜子殼
詩人舌尖彈出的
依舊有抵擋過的醬色
年關將近

詩人醃漬的詩句是否已釀出酒香
詩壇沉寂，恐怕是
一整年來都聞不到
年度詩選的
火，燒得
嗶嗶的焦味

年關將近
一切都將停飛，停駛，停航
每個人失去翅膀和尾鰭
無法構造空間的邏輯
沒有完成的詩句
自讀者彼端
踅回詩人此端
停息

詩人常蹲著想國家

詩人常蹲在溫熱的陽光裡想著
如果臺灣是個寒帶國家
保持陽光斜射，未來派的
影子拉長到地球另一端
空氣乾淨冷清如透明落地窗
讓詩人喜愛的攝影
張張都很漂亮

詩人常蹲在北緯六十六點五度線以北
想著臺灣，想著大肚山的紅土
種植的地瓜、花生、龍眼及相思林
氣候那麼好，生長那麼有時序
像小時候白甘蔗的成長

沒有冰雪覆蓋的異國美景
沒有凍傷的蓮花池塘

詩人常蹲在北極圈內仰望
像是一張地圖的邊緣的一支國旗
想著插在挪威、芬蘭
插在瑞典、俄羅斯
插在加拿大、美國
插在阿拉斯加、格陵蘭島
想著這些國家插上了國旗的風景
臺灣能夠和他們一樣

詩人常蹲在惡劣的風雪中顫抖
像是無依無靠的落寞雪人
需要一個可以控制氣候的國家
不管叫出或叫不出的任何國名
可以讓詩人的肌肉溶解時

還能剩一支骨頭掛著國旗
啊，詩人的國家

詩人們在這裡坐著

詩人們在石椅上坐一整天不談話也不厭倦，就算動了談詩的嘴唇，也不會說出不道德的詩評。

詩人們在這裡坐一整天都沒有聲音，感官消失了；詩人們不懂得不同的感官可以並行運作這個世界，致使詩人們的身體漸漸不被看見。

被看見的只有一張石桌、四個石椅，至於那些美麗的植物和草坪，都珍惜著光影，還保留了這樣美好的下午。

詩人們仍坐在這裡成為椅子的一部分，只是不被看見，就像詩人們寫的詩從來不被看見。但詩人們還是要一直坐著，不理會那些不道德的同溫層詩評。

詩人與詩集之間的關係

若是重新來過，你不再投胎那家出版社
誕生本是像陽光孕育，怎麼是在
未經清理消毒的暗黑產房

然而你只能給這樣的婦產科
他可以接受你的條件、你的無條件
包括產前的檢查不追究精子的父親
不排斥文字雲的抄襲和語言浪的複製
不會像軟體三不五時叫你更新自己的
身體

一本詩集的頭、手、腳、器官
都是你的製作，在那個祈禱的夜空下

卻被挪移到不同的位置，致使
有些詩行像流星、像殞石，像閃電
你擁抱著的卻是漸漸消失的影子

如今詩集在書架上以餘燼的目光
張望著經過的書店顧客
你也不過是斷了臍帶後的
一截香，未熄的香火
但你不甘願滅香嗎

漂流的詩人家鄉

我的海邊
是詩人漂流的家鄉

我釣起的魚
是詩人放逐的信件

我身體的殼
需要曬一些陽光

若是詩人眼中有雨
那也得等到明年再下

我解開纜繩
和詩人一起躺在
放假的旗子裡

飄逸
搖曳
像飛魚伴著少年的舟
像是划向
我們自己的國家

向詩人們致敬

1、致看起來一樣高的詩人們

平台
沒有一個是平的
原來上台的腳有長有短

2、致追流行的詩人

一窩蜂
絕對會導致窩蜂性組織炎

3、致變強的詩人

當眾多的詩人努力把詩變強了
他卻把自己的詩變弱了

4、致好看的詩人

把裙子截短，腿就增長了，好看
把鬢角和耳上的髮截短，頭顱就變長了，好看
把句子截短，意象就好看了

5、致真正的詩人

水鳥啊
你飛過的句子
都會產生漣漪和倒影

老詩人坐化

多年不寫詩的
老詩人
跟隨秋雨行走
其背脊
看見一片
葉子自殺了。

其臉龐
凋零的姿態
眉毛、眼睛、鼻子、嘴唇
一字比一字潦草
（在天空中的遺書
沒有句點圓寂）

如果我能代替老詩人
崩潰
如果我能幫助老詩人
啼叫
把他的喉結給我
像一隻背影變形的
禽
在葉片底下
縮頸
坐化。

送別詩人

送別的時候。你不許我模仿詩人（用一個粉色的夾子）我只好心裡一直想著詩人（夾到了一隻有翅膀的葉子）我們便分不開。

你不許我模仿詩人哭（在一個傷心的天氣裡）我只好再閉著眼把淚藏在裡面（雨水總是說完了話才落下來）我們便要分開。

我搭著離去的車沒有輪子，而是詩人摺好的紙箱。我的司機總是用一頂帽子（只有靈魂才是真的）遮住了臉孔。

你不許我回頭，怕看見詩人的不在。後方，除了土地，詩人會站在哪裡？

在公路旅館唸詩

這日黃昏
黑鴉是一群亂飛的
文字，細明體
（詩人要唸一首詩給我聽）
棲息在詩人的詩裡
自動斷句分行
為了過夜
公路旅館
正被爬蟲類和有翅的
聲音圍繞
像一些逗點
窸窸窣窣
（但詩人要唸一首詩給我聽

所以住進來）
把黃昏的句子
遺棄在路燈下
「沒有用的詩人
寫沒有用的詩」
有一種聲音
是鞭子
我從傷痕裡聽到的是：
「詩是弱者
被不斷的侵略
被不斷的占領
侵入詩刊
侵入出版社
侵入齊東詩舍
侵入兩岸
占據臉書
占據眼睛
占據耳朵

占據嘴巴」
這日黃昏已過
天地未靜
（而詩人要唸一首詩給我聽
在哪裡？）
窸窸窣窣
舖蓋旅館
徬徨的我
在等待詩人唸一首詩
詩人說：「詩
是不清楚的聲音
凡是聽得清楚的
是散文」
我打開旅館的夜
讓爬蟲類和有翅的
聲音全部進來
把我掩埋

曠遠迷茫

我居圍卒荒
編輯野生詩人叢書
我居孤獨一方
聽渴死的石頭
嗚咽天地無光
複誦歸去來兮辭
上傳文化部門的電子郵件
但都太遲，重撰
一冊《邊陲詩家事略》
竟失去自序
荒煙蔓草間
我覓車道
曠遠迷茫

螢火蟲是
無線電
我黑暗的眼
跟蹤幾步
陷入時間坑洞
成為深居的礦脈
不被發覺，我
只得點火
望著一顆心臟
冷靜的燃燒
但都太遲，重返
一冊未出版的《詩典》裡
和詩句相擁
不覺車道
曠遠更
迷茫

詩歌節將我刪名

一張詩歌節邀請卡
夾在詩集裡

我願穿上工作服
夾在運轉的機器裡

做為一名背著十字架的生活詩工
還是在勞動與秩序中賣力

（所以詩歌節
將我刪名）

詩人的城愁和鄉愁

1

週六，我到臺北
高鐵列車說的，一向
都是直白的語言
聽清楚了，終站是書展
怎麼變成去燈會下車
週六，你在臺北像北極星
最冷的時候也是一盞燈
只要你在，燈火輝煌
我就不會在臺北迷城
週六，我們會在
一座書籍似的

臺北裡
變成
文字

2

那年你來到沙鹿老市區
探訪我的結構
陽光最愛方形的旅館建築
幾何投影給你理智
但是我的背脊太軟弱
期盼生出翅膀
尋覓感情

你上午在沙鹿老市區尋覓
旅館的眼睛昨夜未闔眼
一定望著遠方的

飛翔的我
撞進窗玻璃
的裂痕是
最悲傷的閃電

3

你是一個真正的詩人
可以把吶喊，視為沉默

用沉默的詩句
拂過臺中鄉間麥穗的芒刺
彎曲而擺盪風的旋律

你這麼律動的語言
可以把沉默，化為照在我身的光影

我在寧靜的光影裡的肌膚
用毛細孔輕輕吶喊著你

4

當有人看見你的詩沒有聲音
他會突然覺得
全世界為你靜寂了

沒有聲音的一個巨大宇宙漂浮在你上方像是你的心靈

全世界終究是齊聚力量朝向著
站在臺北寂靜角落裡
從不發言的你

5

你從此躺在自己骨骼偽造的
書架。你從此
是一本詩集的
示弱詩人

而華美典雅的臺北城市書架
適合精裝本，也適合
靈魂逃逸後肉體的
沉淪

我在你的書架裡觸摸著你的骨骼
它們像是虛假的樹根
偽裝
愛著故鄉土地

6

週六深夜回到沙鹿的第二日
我在河邊看見
有人懸吊一個人的身體
這往往隱喻有什麼事已發生

我必須想像
水中鼻子是悠悠的浮標
天空是仰泳時看見的地圖
沉默的錨是什麼器官
我無限制的去想像

當一個人的身體
懸吊在另一個人的身體上
我能想到的他們只是

為了
合力召魂吧
為了記憶之河中消逝的
未回來的你

詩註：

這是一首寫兩地詩人之間往來及互動的詩，哪兩地？一是臺北，一是臺中沙鹿，兩地的生活空間或型態大不相同，簡略區別，即一地是城市，一地是鄉鎮，兩地詩人各自對城市與鄉鎮感受到的愁緒和思慮。這首詩分六節，大致內容是：

首先寫我上臺北看國際書展，適逢臺北辦燈會，燈火輝煌卻令人恍惚，幸好臺北詩人像北極星一樣，帶引我參觀書展，讓我覺得臺北像一座書城，詩人是文字。然後我回憶起這位臺北詩人曾經到臺中沙鹿要拜訪我，而我卻外出不在，他只好在沙鹿老市區的旅館住了一夜，要等我回來，可是我仍趕不回來，就像遠方的閃電，撞進旅館的玻璃窗。我一直擔心著臺北詩人的困境，他在臺北競爭激烈的環境下，只有默默寫詩，成為一個沒有聲音的詩人，偽裝著「愛著故鄉土地」，寫著這類型的「城愁」。詩最後一節，寫我從臺北書展回來的第二天，在沙鹿的一條「記憶之河」（竹林南溪），看見一個人身上懸吊另一個人，我開始想像這是怎麼一回事，原來兩懸吊是一種「召魂」形式，是要把流落異地的人召喚回來。

代後記

浮生若夢／蘇紹連攝影

漂流人生／蘇紹連攝影

談詩的生與死

一、詩的發生／先有詩，還是先有人？

我始終不解的是，詩是自身已存在於世上，還是因為人的感發而產生出詩來？這應不是雞生蛋、蛋生雞的問題，不過，詩雖不能生人，而人卻可能生詩。現在問題是，沒有人來生詩，詩會不會已存在於世上？你覺得答案是什麼？

這就是要探究詩是怎麼發生的？

若說詩是自身存在，非人類去產生它，則它是什麼形態、怎麼存在？假設天地萬物間有詩存在，例如風聲的現象、雲雨的現象、水浪的現象、星辰的現象、萬物生死的現象⋯⋯等等，這是不是詩？假如是，詩則是單純的一些自然現象，無需人為的塑造，它的確是能自身存在。

所以我但可以這麼認為「詩，先於人類而存在」，是人類後來才將它說出來、寫出來。詩，本來是無語言無文字的，在大自然中生發，以萬物的徵兆和形象而存在，根本是先在語言文字之前，也先於人類之前。

若是詩早在人類之前，則詩，是不是能當作大自然之道？詩的道是什麼？我願理解它是萬物形成現象的方式，是符合大自然的一種詩意。這種詩意是存在的，不需有人類去創造它。

然而大自然生發的詩意，若要變成語言文字，則需要人類去完成它。這時，什麼人能去完成它？是每個人都能，還是經過選擇嗎？

一個大自然生發的詩意，不是每個人都能發現或能寫出來的，也不是每個人都能寫出一樣的。所以大自然生發的詩意，仍與人類保持某種無法觸及的因素。我把這樣的因素看作是「緣分」，詩為什麼會選擇在某些詩人的身上轉為語言文字，這是一種緣分。或許可以這麼說，詩有緣與你來相會，藉你之口而說出，藉你之手而寫出。或許也可以這麼比喻，是詩來到人體裡，在人體懷孕了，經過這個人的孕育，最後將它誕生出來。

那麼，為什麼某些人能源源不絕的孕育詩作，而被稱作詩人？除了這人特別跟詩有「緣分」外，還有其他的因素嗎？

我們來想想，一定是這人有其特別適合詩「著床」的條件，才會讓詩像種子一樣埋入土壤裡。第一，詩喜歡能與之對話的人，而這人與詩的情性相契合，能與詩能談得投機。第二、這人有豐富的想像能力，在其想像之下，詩變得更有活力。第三，這人有適合呈現詩的語言能力，能讓詩從大自然的現象呈現轉變為語言文字的呈現。第四，這是最基本的條件，即這人是一位詩的熱愛者。

既然詩是再透過人的創作技巧和語言文字的形式來呈現，那麼，人便扮演了創作的角色。本來是大自然生發的詩，到了人類的手上便成了孕育的種子或養份，或是成為人類創作詩的素材。人類所認為的詩於此形成一個以語言文字為媒介的方式，終於固定下來。

那麼，我們也會發現，是有些詩人因知曉語言文字的使用技巧，例如：修辭、比喻、聯想等等，他直接用技巧和自我的情志產生詩作，成了不必依據大自然生發的詩意來寫詩。這種情形，可以說是人類在生產詩，亦即有人類才有了詩。

人類的情志漸漸取代了大自然生發的詩意，人類有了情志而動心想表達時，便可能選擇用詩的方式，依情志的內容和語言文字的技巧，盡情發揮。這是相當美好的事，詩，如是而發生。

我們可以如是歸納為兩個說法，一是先有詩，詩生發於大自然，以現象為詩，後來被有「緣分」的詩人得去，再由詩的語言文字轉釋出來。二是先有人，尤其是詩人，他以自己的情志為詩的題材，透過自己的語言和文學技巧，而將詩表現出來。

這裡，仍是要強調人的重要，若是沒有人、怎麼說出它是詩呢？大自然的詩意是無語言文字的，而人類創作的詩，則是用了語言文字。

二、獨立與依靠／詩離不開人，還是人離不開詩？

以人為本位，當然是詩離不開人，詩必須依賴人的語言和文字而存在。詩，也唯有在人類手中，才會像變魔術一樣給予形式的千變萬化和內容的包羅萬象。沒有了人，詩往往像是飄忽不定的魂魄，沒有依附的形體也就沒有可以塑造的面目。

但若以詩為本位，詩是無所不在的，有的在於人，由人展現其詩意，有的在於天地萬物，由天地萬物展現其詩意。可見，詩的存在，人只是其一的選擇，並不一定需要人才能展現詩。詩有其自主性，是有可能的，它寧願離開人的時候，人是追蹤不到它的，這就是有些詩意永遠無法被人類寫出來的原因。

兩者離開而獨立，或是結合而共生，均有可能。換句話說，詩離開了人，或人離開了詩，都能各自獨立，過著自己存在的方式。要是融合，則具有更多可能的繁殖形態產生，且給詩和人帶來極大的影響。

詩有了人，詩將被人類記錄，而有了時間和空間的定位，成為延續的生成模式；詩也在人類的世代裡扮演見證歷史的角色，以及開拓文學創作的前鋒隊伍。人有了詩，詩將把人類的語言推展至精緻的質地，也把人類的想像組構成意象，讓意象豐富了現實世界的畫面。

由此，我們應極力推廣詩與人的結合，不管是創作或閱讀，詩唯有進入人的身體中，才有再發揮更多詩意的可能；人唯有進入詩中，才有提升更精緻的創作技巧及形式的可能。

三、自然與人為／詩的存在環境？人的存在環境？

詩，是無所不在，在哪裡就有那裡的特色，如果在海上，詩意就澎湃著海的現象，如果在山上，詩意則遍布山的形象。詩，能在不同的地方與環境結合，從未排斥其存在的環境；詩，也能把其存在環境彰顯出特色來。

人類，不是無所不在，而是只在於能適合生存的地方。基本上，人類需要先與生態環境（例如土地、河川）共存活，而後人類再建造自己的人為環境（例如房子、城市），如此，形成了人類現代化的文明。但是，人為環境若是破壞了生態環境，則人類將有一日遭遇永劫不復的毀滅之境。

詩，在生態環境裡，是自然生成的，是順著脈絡呈現的，是不違反天道運轉的，落花水面皆能生發詩，俯拾皆是，渾然天成。而詩與人結合後，詩則有一部分隨著人的生存環境而改變，變成人為環境的一部分。像那些政治詩、社會詩、科技詩、宗教詩、戰爭詩，都是人為環境下的產物，又像那些文創品，把詩與物件結合，如飲料、杯子等等，或是設計成遊戲、地景裝置等等，都是人為而寫的詩。

詩在人為的環境裡存活，變得更多樣化，更與人的生活貼近，這是好事。

四、出詩的緣故／什麼樣的地方什麼樣的時代什麼樣的人就有什麼樣的詩？

人的存在環境並非是一成不變的，簡單的以空間來說，不同的地方就呈現不同的環境面貌，甲地或許平和、安全、乾淨，乙地或許動亂、危險、髒亂；或是以文化教育及科技使用來說，也可呈現一個較開化一個較落伍的世界；再以財富懸殊來說，貧窮戶相對於有錢的爺們顯然有一種弱勢感。詩是跟著人走的，人在什麼樣的空間裡，人就會被環境的顏色浸染，詩必然會是這一存在環境最忠實最直接的反映。

以時間來說，由於世界文明的變化過於迅速，尤以科技的進步更為驚人，不到三、五年就汰舊換新，所以人們習以十年為一級，每差一級就有相當大的差異性，大約三級就是一個世代。不同世代的創作社群和圈子，說著相類似的語言，談著共同關心的話題，形成同溫層，而在創作面目上，過於相似的則免不了模糊。不同世代活在不同的同溫層裡，相互取暖；前後世代有可能相互叫陣，愈來愈多爭鬥現象則在網路上發生。

雖然什麼樣的地方什麼樣的時代，不見得絕對就會產生什麼樣的詩人；但是，什麼樣的人就寫什麼樣的詩，倒是有可能。單以創作的理念上來看，有人特立獨行，有人是隨波逐流，有人外向性較強，特注重大我現實寫作，有人內向凝視自我心靈，愛寫小我生活或情感。創作者，會知道寫什麼詩，有人善變，有人卻也一路走來，始終如一。

詩，選擇不同的人，做不同的呈現。聰明的詩人，會選擇出詩的方式，會找自己的詩路。詩人改不了環境的，就會改變自己，用詩來證明。

五、分享與分衆／什麼樣的讀者讀什麼樣的詩？

詩，原本是無分享對象的。詩的生發，是詩的自我完成，像是完成自己生命的一個過程或是儀式，當儀式結束，詩也就隨著消失，而非繼續留在天地萬物之間。這種和大自然一起生發的詩，也是屬於大自然的一種現象，來來去去，不需有讀者的。

詩，原本是任由分享的，也就是不選擇分享對象的。詩，形成了，它可以被看見、被感受時，就由可以看見它感受它的讀者分享，白雲映現水中有詩，由流水分享，也由魚分享，路過河邊的小鹿也可分享這種詩意。

自從詩與人結合後，人為的詩，由語言文字完成，也有了分享的對象或是不同的讀者。這一切的環節都與人有關，而非純是大自然中生發的詩那麼單純，開始是取得詩意，進行創作的思考，書寫為語言文字的形式，刊載於物質及科技媒介，並透過傳播，最後為讀者所閱讀。

分享的對象或讀者，有私下分享的，例如給自己的親人朋友，是一個密閉式的分享空間，人數不多，少則一人，這樣創作的詩，並不是為了讓大家瞧見，所以沒做公開的準備。相對的，也有公開分享的，是開放式的，供人讀取。

公開給大眾分享，詩作變成由讀者取捨，所以主動權在於讀者，從讀者的立場，詩是被讀者選擇的。我們就可以說：「什麼樣的讀者讀什麼樣的詩」，自此以後，詩被接受的情況開始分衆，有的詩擁有大衆，但絕大部分的詩都是小衆閱讀，無可避免的結果是：詩的命運由讀者決定。喜愛情詩的讀者選擇情詩來閱讀，喜愛社會現實的讀者選擇書寫現實的詩來閱讀，喜愛哲理詩的讀者選擇哲理詩來閱讀，喜愛地景詩的讀者選擇地景詩來閱讀。

依據這種情形，讀者也是消費者，詩人則是詩的製造者或是供應者，消費者有權利選擇所要的產品，至於製造者是否要符合消費者的品味而供應產品，那則是製造者的權利。就創作的精神來說，創作者不應為符合或討好讀者的喜愛而創作，可以根本不理會讀者，而讀者也只能就現成已公開發表的詩作去挑選自己喜愛的詩。

但是，現今的作者似乎懂得行銷術，除了寫讀者所喜愛的詩作風格外，更以裝幀的物質形式包裝來吸引讀者購買，像是一些詩集，變成裝幀喧賓奪主，比詩的內容更重要，賣給讀者的賣點竟是裝幀。說什麼詩集的保存價值，全不在於詩作，而在於那些工藝裝幀。

這就是人為創作的詩，所引起的副作用現象。

六、封閉與開放／詩和作者和讀者，要活在同溫層？

作者寫詩，讀者讀詩，兩者之間的介物即是詩。詩，將作者和讀者聯結，並成了橋樑，而讓作者和讀者有了對話的可能。但是有些詩不是成了橋樑而是成了高牆，作者與讀者之間有莫大的隔閡。

當然，詩的尊嚴是自身存在，不受左右，不為哪一方服務，詩可以不成為橋樑，也可以不成為高牆，詩應只是被欣賞，像被欣賞的橋樑或是像被欣賞的高牆。但話說回來，詩像橋樑，意指讀者能讀通詩的意涵，有可能與作者心中的詩意相通暢，也就是所謂的感同身受或是共鳴，這樣的情況可以進一步顯現，作者與讀者的語言模式是相契合的，意象是可以在讀者想像中刻畫出來的，情感也是可以在讀者心中運轉的。作者和讀者相濡以沫，我們可以將這種情形視為一種同溫層現象。

而說詩像高牆，意指詩變成一種阻隔，作者在牆內，讀者在牆外，之間的詩沒有門、沒有梯子，一般讀者進不到裡面。或許這堵牆有祕密機關，只有特殊讀者有辦法知道和破解，才能進入，這樣的讀者，往往是少數，是小眾的小眾。有些作者並不擔心讀者少，認為詩作應不是門戶大開，他寧願等待能打開這堵牆的讀者，認為真正的讀者是能發現詩作的密道、能解詩作的密碼，這才是作者的知音。

至此，我們可以探討作者是否必須為讀者而寫，是為大眾讀者而寫？或是為小眾讀者而寫？或是不為任何讀者而寫？作者可能必須面對的是這三種情形。其一是為大眾讀者而寫，勢必考慮大眾讀者的閱讀能力，尤其太繁複的技巧和太深奧的內容都要簡易化，語言得大眾口語化。其二是為小眾而寫，則作者考慮的應屬於那小眾的讀者圈中的共鳴度，尤其是講究詩藝的技巧和內容，有小眾的一些迴響即可。前述這兩種情形，作者和其讀者自然而然的形成同溫層現象。而第三種情形是作者的創作完全不考慮讀者，寫了詩是給自己，至於被哪些讀者看到，或有多少讀者的反應，他完全不在乎。

回到寫詩的本心，大致可分為三種，其一，詩是自身的生發；其二，詩是詩人自身的抒發；其三、詩是詩人和對象（讀者）的應和。前兩種可以說不涉及讀者，詩人寫了什麼詩，能否給讀者如何，則非作者寫詩上的考量。而第三，詩人就相當重視讀者，或者說，是相當重視潮流趨勢，懂得讀者喜愛的口味是什麼，無疑的，詩人寫的詩符合了時代脈動的頻率，他滿足了讀者，也成就了自已。他從無意到有意，製造了他的粉絲同溫層。

沒有誰能把讀者從這種同溫層拉出來，除非詩人自己讓同溫層消失。

七、時間與空間／詩能活在不同的世代和不同的圈子嗎？

當詩與人結合後，詩不再自我存在，那麼詩是怎麼活著？詩被詩人寫出後，詩只能活在各種載體上，才被看見和聽見，例如書本上、紙上、器物上、網路上，或是轉換為曲譜上的歌詞，或是成為影片上的聲音文字，在這種載體上才讓詩存在而活著。因為有載體，詩才能被人類看見、聽見，所以詩人寫的詩需要找載體發表並傳播，否則，詩到作者自身而止，將永無他人知道，也隨著詩人的逝世而消失。

詩人把詩留在世上的方法，傳統上就是於載體發表，然後集結詩作出書，有了書，能被圖書館收藏，被讀者購買，則有可能被流傳下來而留存於世。然而，詩人那麼多，詩集也那麼多，真正被記得的並非是全部有出書的詩人，那麼是怎樣的詩人才能被流傳呢？必然是寫出好詩、重要的詩、為人們所需所愛的詩，這樣的詩人吧。所以詩要能流傳的條件除了載體外，就是要視詩是否有流傳的價值。詩流傳才真正存活，否則詩也會到載體而止，載體被沉埋，詩也被沉埋。

詩的流傳，有時間性和空間性兩種。時間性，是指詩存活的時間，比如說，剛發表，為讀者所見，但過一段時間，即不再被閱讀，這種存活時間是短暫的；或是有長一點，在這世代能被閱讀，但換到別世代，沒人要閱讀，好像詩只活在他原本的世代；或是特別一點的，是這世代不被閱讀，卻在另外的世代被發現被閱讀。詩的命運實很難預測，發表時被同世代忽略的，竟也有可能過了幾世代才再出土，像鹹魚大翻身被重視，這種情形是有很多例子可尋的。

另外就空間性來看，空間可以視為一個圈子，或是一個地區，或是一個國度。每一個空間都有其文化背景和特性，有的較開放，有的較封閉，有的較感性，有的較理性，有的較專制，有的較民主，有的是單元，有的是多元。而詩，在不同的空間裡產生，必也是那個空間所允許和和認同，是那個空間的產物，如此才能存活。不過，有的詩是有跨空間的能力，在某一個空間不能生存，卻在某一個空間開花結果。詩透過傳播、翻譯進入到不同的空間之後，也有可能比原生地更受喜愛。

以詩的元素來看，語言在時間性和空間性之中，扮演重要的角色，也是決定詩作能否流傳的主要原因。不同的時間裡和不同的空間裡，本就有不同的語言差異，換了不同的時間和空間，這種差異會有更多的變化，致使詩作必須透過翻譯或析解，才會被讀者閱讀。如若沒有翻譯或析解，詩，只能活在自己出生的時間和空間裡了，換句話說，就是活在自己的世代和自己的圈子裡了。

八、詩的宿命／詩，沒人讀，要怎麼活下去？

總結以上的私見，能不相信詩的宿命嗎？有多少詩人寫過多少詩，網路現象裡，每天上網寫詩貼出詩作的，不計其數，每月累積的網路詩作有上千首，能被瀏覽到的會有幾首？當詩多到有人讀和沒人讀都一樣的時候，發表也失去意義。這時，詩人再去尋找讀者，也已是本末倒置。詩人就相信詩的宿命吧，詩活不活得下去是詩自己的事，詩人唯有把詩寫好，將來能否被發現、能否被流傳，都不是詩人所能預料或是強求的。

語言文學類　PG2508　秀詩人80

曠遠迷茫：詩的生與死
Life and Death of Poetry

作　　者 / 蘇紹連
責任編輯 / 許乃文
圖文排版 / 楊家齊
封面設計 / 蘇紹連
封面完稿 / 劉肇昇

發 行 人 / 宋政坤
法律顧問 / 毛國樑　律師
出版發行 / 秀威資訊科技股份有限公司
114台北市內湖區瑞光路76巷65號1樓
電話：+886-2-2796-3638　傳真：+886-2-2796-1377
http://www.showwe.com.tw
劃撥帳號 / 19563868　戶名：秀威資訊科技股份有限公司
讀者服務信箱：service@showwe.com.tw
展售門市 / 國家書店（松江門市）
104台北市中山區松江路209號1樓
電話：+886-2-2518-0207　傳真：+886-2-2518-0778
網路訂購 / 秀威網路書店：https://store.showwe.tw
國家網路書店：https://www.govbooks.com.tw

2021年3月　BOD一版
定價：200元

國家圖書館出版品預行編目

曠遠迷茫 : 詩的生與死 = Life and Death of Poetry /
蘇紹連作. -- 一版. -- 臺北市 : 秀威資訊科技股
份有限公司, 2021.03
面； 公分. -- (語言文學類) (秀詩人 ; 80)
BOD版
ISBN 978-986-326-886-4(平裝)

863.51 110001395

讀者回函卡

感謝您購買本書，為提升服務品質，請填妥以下資料，將讀者回函卡直接寄回或傳真本公司，收到您的寶貴意見後，我們會收藏記錄及檢討，謝謝！如您需要了解本公司最新出版書目、購書優惠或企劃活動，歡迎您上網查詢或下載相關資料：http:// www.showwe.com.tw

您購買的書名：________________

出生日期：______年______月______日

學歷：□高中(含)以下　□大專　□研究所(含)以上

職業：□製造業　□金融業　□資訊業　□軍警　□傳播業　□自由業
□服務業　□公務員　□教職　□學生　□家管　□其它______

購書地點：□網路書店　□實體書店　□書展　□郵購　□贈閱　□其他

您從何得知本書的消息？

□網路書店　□實體書店　□網路搜尋　□電子報　□書訊　□雜誌
□傳播媒體　□親友推薦　□網站推薦　□部落格　□其他______

您對本書的評價：(請填代號　1.非常滿意　2.滿意　3.尚可　4.再改進)

封面設計____　版面編排____　內容____　文／譯筆____　價格____

讀完書後您覺得：

□很有收穫　□有收穫　□收穫不多　□沒收穫

對我們的建議：________________

____

____

____

請貼
郵票

11466
台北市內湖區瑞光路 76 巷 65 號 1 樓
秀威資訊科技股份有限公司 收
BOD 數位出版事業部

（請沿線對折寄回，謝謝！）

姓　　名：＿＿＿＿＿＿＿　年齡：＿＿＿＿　性別：□女　□男

郵遞區號：□□□□□

地　　址：＿＿＿＿＿＿＿＿＿＿＿＿＿＿＿＿

聯絡電話：(日)＿＿＿＿＿＿＿＿　(夜)＿＿＿＿＿＿＿＿

E-mail：＿＿＿＿＿＿＿＿＿＿＿＿＿＿＿＿